图书馆奇谈

〔日〕村上春树 著

〔德〕卡特·曼施克 绘　施小炜 译

北京出版集团公司
北京十月文艺出版社

新经典文化股份有限公司
www.readinglife.com
出　品

1

图书馆比平时安静得多。

我那时穿了一双新皮鞋，走在灰色油毡地板上，发出嘎吱嘎吱的生硬空洞的声音，听来仿佛不是自己的脚步声。每穿上一双新皮鞋，都得花上很长时间才能习惯自己的脚步声。

借书处坐着一个从没见过的女人，正在读一本厚厚的书。是左右宽幅极宽的那种。看上去就像在用右眼读右边那页，左眼读左边那页。

“不好意思。”我招呼道。

啪嗒一声巨响，她将书拍在桌上，抬眼朝这边扫过来。

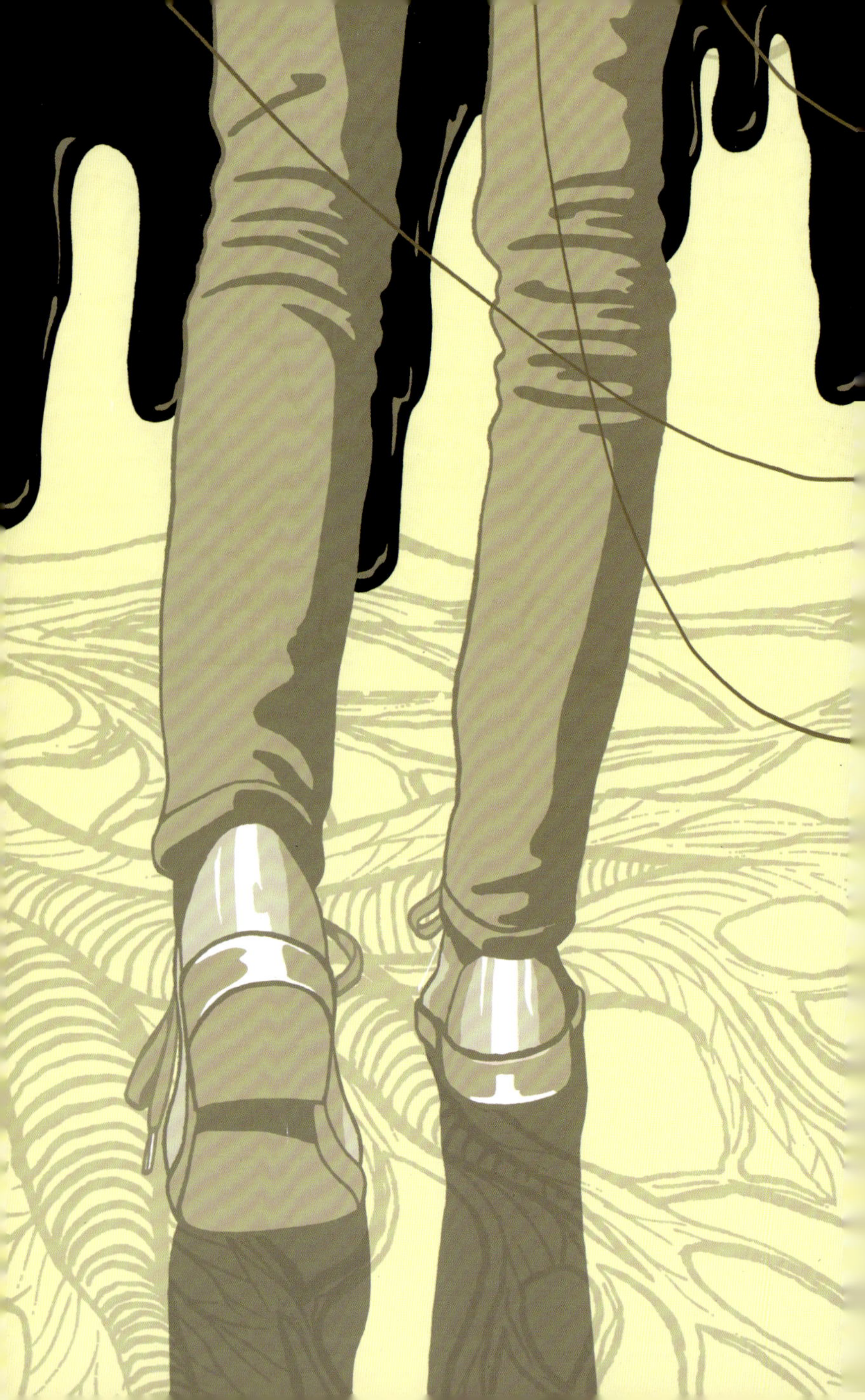

“我来还书。”我说着，把抱在怀里的两本书放在柜台上。一本是《潜水艇制造法》，还有一本是《牧羊人回忆录》。

她翻开封面，查看借阅期限。当然是在期限之内。我恪守日期与时间，因为母亲总是告诫我要这么做。牧羊人也一样。牧羊人如果不守时，羊群就会张皇失措、乱不成群。

她用力在借书卡上盖上一个“已还”的印章，又继续看起书来。

“我想找一本书。”我说。

“下楼梯右转。”那女人头也不抬地说道，“笔直朝前走，一〇七号房间。”

2

走下长长的楼梯再向右转，沿着昏暗的走廊笔直向前走，果然有一扇门上挂着号码牌，上面写着：一〇七。我来过这家图书馆许多次，还是头一回听说有地下室。

分明只是极其寻常地敲一扇门，却仿佛用球棒击打地狱之门一般，不祥的声音响彻八方。我很想就地转身，逃回家去。然而并未逃走，因为所受的教育告诉我应当如此。既然敲了门，就必须等候应答。

门内传来一声“请进”。低沉却很有穿透力的声音。

我推开了门。

房间里有一张小小的旧写字台，后边坐着一位小个子老人，脸上长着小黑斑，好似爬满了苍蝇。老人的头秃了，戴着镜片很厚的眼镜。那种秃法没来由地让人不爽。白发仿佛遭遇过凶猛的山火，蜷蜷曲曲扭扭歪歪，紧贴在脑袋两侧。

“欢迎光临，这位小哥，”老人说道，“有何贵干？”

“我要找一本书。”我用缺乏自信的声音答道，“不过看来您很忙，我就下次再来吧……”

“没有没有，怎么会忙呢。”老人说，“既然这是我的工作，不管是什么书，我都会帮你找到。”

好奇怪的说话方式，我心想。面孔也是，跟那说话方式不相上下，长得令人心悸。耳朵里生出几根长毛来，下巴的皮肤简直就像炸裂的气球一样，往下耷拉。

“你要找什么书呀，小哥？”

“我想了解一下奥斯曼土耳其帝国的征税方式。”我说道。

老人的眼睛骤然一亮。“噢！奥斯曼土耳其帝国的征税方式呀。这个嘛，呵呵，可相当有趣。”

3

我感到坐立不安。老实说，奥斯曼土耳其帝国的征税方式也不一定非得搞清楚不可。我只是在放学回家的路上偶然想到：对了，奥斯曼土耳其帝国是怎么征收赋税的？我从小就被教导，一旦有什么不明白的地方，就应该立刻去图书馆查个水落石出。

“不要紧的，”我说，“并不是非知道不可，况且这个问题也太专业了……”

我想赶快逃离这个令人不快的房间。

“不要开玩笑哟。”老人怒形于色，说道，“这里就有好几本关于奥斯曼土耳其帝国征税方式的书。你是小看这家图书馆吗，小哥？”

“不不不，我绝对没有那个意思。”我慌忙说道，“小看什么的，怎么可能呢？”

“既然如此，那你就老老实实地在这里等着。”

“好的。”我应道。

老人佝偻着腰从椅子上站起身，打开房间深处的一扇铁门，消失在门后。我在那里站了约莫十分钟，等候着老人回来。好几只小黑虫在灯罩背面爬来爬去，沙沙作响。

老人不久便抱着三本厚厚的书回来了。每一本都显得非常古旧，房间里飘漾着旧纸张的气味。

“来,瞧瞧。”老人说道,“《奥斯曼土耳其帝国税金小史》，然后是《奥斯曼土耳其帝国税吏日记》，还有一本《奥斯曼土耳其帝国的抗税运动及镇压》。跟你说有吧。”

“非常感谢您。”我礼貌周全地道谢，然后将那三本书捧在手里，打算走出房间。

老人在背后冲我喊道：“稍等片刻，那三本书都属于禁止外借的！”

4

仔细一看，只见每本书的书脊上，果然都贴着禁止外借的红色标签。

“要是你想看的话，只能在后面的房间里阅读。”

我看看手表。五点二十分。“可是图书馆马上就到闭馆时间了。我也得赶回家去吃晚饭，不然妈妈要担心的。”

老人将长眉毛拧成一团。“闭馆时间之类的不成问题。我老人家说可以，那就可以。难不成我的好意你不领情？我究竟为什么要把这三本重重的书搬过来？啊，难道是为了锻炼身体？”

“真对不起。”我向他致歉，“我不是有意要给您添麻烦，只是不知道这些书禁止外借。”

老人沉沉地咳嗽了一气，对着卫生纸呸地吐出一口痰一样的东西，脸上的黑斑因为恼怒颤抖不已。

“这可不是知不知道的问题。”老人说，“我像你这么大的时候，只要有书可读就很幸福啦。什么天色已晚，赶不上吃晚饭了，别扯这种废话！”

“知道了。那我就在这里看三十分钟。”我说道。我很难断然拒绝别人。“但真的不能再长了。小时候走路时，我被一只大黑狗咬过。从那以后，只要我回家稍微晚一点，妈妈就会心急如焚。”

老人的脸色稍微平和了一些。

“那么你要在这里看书了？”

“是的。我要看。如果是三十分钟左右……”

“那好，到这边来。”老人说着招手示意。门后面是一条幽暗的走廊。一盏似乎寿命将尽的电灯，忽闪忽闪地放出摇曳不定的光。

5

“跟在我后面走。”老人说。

走廊在数步开外分成左右两条，老人拐向右边。往前走了一会儿，走廊又分成左右两条。老人这次向左边拐去。岔路口一个接一个，老人每次都不假思索，忽而向右，忽而向左。打开一扇门，又走进另一条走廊。

我彻底晕头转向了。市立图书馆的地下居然有这样恢宏的迷宫，实在是令人称奇。要知道市立图书馆一直预算不足，时常捉襟见肘，应该连建造一个微型迷宫的余裕都没有。我想向那位老人打听一下这件事，却害怕被他斥骂，便作罢了。

好在这座迷宫终于走到了底，尽头出现了一扇大铁门。铁门上挂着一块牌子，上面写着“阅览室”。四下里像深夜的墓场一般寂静。

老人从口袋里掏出一大串钥匙，发出叮叮当当的响声，从中找出一把。那是一把老式大钥匙。他对准门上的钥匙孔插了进去，意味深长地瞥了我一眼，使劲往右转动，咕咚一下，弄出很大的声响来。推开门扉时，令人不快的吱呀声传遍四周。

“啊呀呀，”老人说道，“进去吧。”

“是这里面吗？”

“没错。”

“可里面不是漆黑一片吗？”我抗议道。那扇门后面仿佛是宇宙开了一个豁口，一片漆黑。

6

老人转身向我，脊梁挺得笔直。一挺直脊梁，他忽然变成了一个彪形大汉。长长的白眉毛下，仿佛黄昏时分的山羊似的，双目炯炯放光。

“你小子莫非生性喜欢什么事都要横挑鼻子竖挑眼，否则就不过瘾，是不是？”

“不不不，没有没有。只是我觉得……”

“哎哟，烦死人啦。”老人说，“东拉西扯地强词夺理，把别人的一片好心完全不放在眼里，这种家伙简直就是人渣。”

“对不起，”我道歉说，“明白了。我进去。”

我干吗要这样口是心非，说话做事都与心中所想背道而驰呢？

“里面是往下的楼梯。”老人说道，“要抓紧扶手，当心别摔下去。”

我走在前面，缓缓前行。身后，老人关上了铁门，周围陷入一片黑暗。我听见咔嚓一声，门锁上了。

“为什么要锁门？”

“这扇门一直都得锁着。这是规定。”

我死了心，走下楼梯。楼梯很长，像是能一直通到巴西去。墙壁上装着锈迹斑斑的铁扶手。昏天黑地，不见一丝光亮。

走到楼梯尽头，只见房间深处微微有光亮。那是十分微弱的电灯光，却刺痛了久久未见光明的眼睛。有人从房间深处走过来，拉起我的手。是一个扮成绵羊模样的小个子男人。

“哎呀，你可来啦。”羊男说。

“你好。”我说。

7

羊男全身裹着真正的羊皮，只有脸裸露在外，露出两只看起来颇为亲和的眼睛。这身装扮与他很般配。羊男瞅了我一会儿，将目光投向我抱在手中的三本书。

“你是不是到这儿来看书的？”

“是的。”我答道。

“真的是来这儿看书的？”

羊男说话的方式似乎有些怪怪的。我犹豫难言。

“好好回话！”老人催促似的对我说，“你不是想看书才到这里来的吗？啊？赶快回话！”

“是的。我是想看书才来这里的。”

“瞧瞧，我就说吧。”老人得意扬扬地说道。

“可是老师，”羊男说道，“他不还是个孩子吗？”

“哎哟，烦死人啦。”老人忽然从裤子后兜里抽出一条短短的柳枝来，吧唧一声斜斜地抽在羊男脸上，“快把他

带到读书室去！”

羊男面露难色，无奈地抓住我的手。因为被柳枝抽打，嘴唇边红肿起来。“来，咱们走吧。”

“要去哪儿？”

“读书室呀。你不是来看书的吗？”

羊男在前面领路，走过狭窄的走廊。老人从我身后追上来。羊男的衣服上，还规规矩矩地安着一根短尾巴，随着他的脚步，那根尾巴就像钟摆一样左右晃荡。

“好了。”羊男说着在走廊尽头停下脚步，“我们到了。”

“请等一等，羊男先生。”我说，“这里该不是牢房吧？”

“就是牢房。”羊男说着，点点头。

“说得没错。”老人说。

8

“这跟刚才说的不一样嘛！”我对老人说，“不是说好去读书室吗？所以我才跟到这里来了。”

“你受骗上当了。”羊男说。

“是骗你的哟。”老人说。

“怎么可以这样……”

“哎呀，真啰唆。”老人说着，从兜里拽出柳枝高高扬起。我慌忙后退。这玩意儿打到脸上可受不了。

“别东拉西扯的，给我乖乖地进去！把这三本书看完，一字不漏地给我全背下来！”老人说道，“一个月之后，我老人家要亲自来考你。要是你把内容背得滚瓜烂熟了，就放你出去。”

我说道：“这么厚的书，要背三大本，我做不到。况且妈妈这会儿还在家里惦记着我……”

老人龇牙咧嘴，将柳枝猛地甩下来。我闪身躲开，柳枝打在了羊男的脸上。老人大发雷霆，一怒之下又抽了羊男一鞭。太可恶了。

“反正你给我把这小子扔到里面去！”说罢，老人举步离去。

“你不疼吗？”我问羊男。

“没关系。瞧，我对这些已经习惯了。”羊男好像真的若无其事地说道，“倒是你，我不得不把你关到里面去。”

“假如说我不干，不想进这种地方，会怎么样？”

“这个嘛，大概我又得狠狠挨一顿打吧。”

我同情起羊男来，于是乖乖地走进牢房。牢房里有简单的床、桌子和洗脸台，以及抽水马桶。洗脸台上放着牙刷和杯子。哪一样都称不上清洁。牙膏是我讨厌的草莓味。羊男把桌上的台灯开了又关，关了又开，然后扭头看着我，微笑着说：

“怎么样？很不错吧？”

9

“饭每天给你送三次。下午三点吃点心时，会给你送甜甜圈。”羊男说道，“甜甜圈是我自己炸的，又松又酥，非常好吃哦。”

刚出锅的甜甜圈，是我最喜爱的食物之一。

“那么，把脚伸出来。”

我伸出了脚。

羊男从床底下拖出一只沉甸甸的铁球，把球上的铁锁链拴在我的脚上，上了锁，然后把钥匙装进胸前的口袋里。

“好冰啊。”我说道。

“没事，马上就会习惯的。”

“我说羊男先生，我真的得在这里待上一个多月？”

“是这样。”

“不过，要是我听从指令，把书背下来的话，一个月后就会放我出去吗？”

“不。我猜大概不会。”

“那会把我怎么样呢？”

“有点说不出口。”羊男歪了歪脑袋，说道。

“求求你了，请告诉我真话。妈妈还在家里等着我，为我担心呢。”

“老实说，你的脑袋会被锯下来，脑浆会被喝光。”

我惊愕不已，半晌说不出一句话，许久才终于开口：

“大概是那位老爷爷要喝我的脑浆吧？”

“是那样吧。”羊男有点不好意思。

10

我在床边坐下，抱住了脑袋。为什么非得遭这种罪不可？我只不过是到图书馆里来借书的呀。

“你别太灰心。”羊男宽慰我，“我这就把饭给你送过来。

瞧，吃一顿热乎乎的饭，就会恢复过来的。”

“哎，羊男先生，”我问道，“那位老爷爷为什么要喝我的脑浆？”

“因为装满了知识的脑浆味道特别美呀，又稠又浓，还有许多小颗粒呢。”

“所以要花上一个月时间，等它装满知识以后再来喝，是不是？”

“完全正确。”

“这么做岂不是太残酷了？”我说，“我是说，如果站在被喝脑浆的人的角度去想。”

“可是，这种事哪一家图书馆都在干呢，或多或少。”

我听了这话，茫然若失。

“每一家图书馆都在这么干？”

“单是出借知识的话，图书馆不是光赔不赚了吗？”

“可我觉得因为这样，就拿锯子锯掉别人的脑袋喝脑浆，未免有点过分了。”

羊男面露难色。“总而言之，是你运气不好。人世间常常会发生这种事。”

“可是妈妈还在家等我，为我担心。你能不能偷偷地

把我放出去？”

“不不不，这样可不行。要是我干出了那样的事，就会被严惩，被扔进满是毛毛虫的缸里去。要在装着一万条毛毛虫的大缸里关上三天三夜哟！”

“这太残酷了。”我说。

“所以说，我可不敢把你放出去，尽管很同情你。”

11

羊男说完，将我孤零零地留在了牢房里。我趴在硬邦邦的床上，抽抽噎噎地哭了大约一个小时。蓝色的荞麦壳枕头被泪水沾湿了，湿淋淋的一片。锁着铁镣的脚腕分外沉重。

看看手表，指针恰好指着六点半。妈妈大概在家里准备好晚饭了，正等着我回去。她肯定一边盯着表针，一边心烦意乱地在厨房里转来转去。假如我到了半夜仍然没回家，只怕她要急得发疯了。她就是这样一位母亲，一旦有事，总是不断地朝坏的方向联想。她会一味地在脑海里想象糟糕的事态，要不就是呆坐在沙发上没完没了地看电视，二者必居其一。

七点钟时有人敲门。声音很轻。

“来了！”我应道。

门锁转动了，一个女孩子推着小推车走进来。那是个漂亮得单是看一看眼睛就会发疼的女孩。年纪大概和我差不多。无论是手脚还是脖颈，都纤细得似乎稍一用力就会吧唧一声折断。笔直的长发仿佛镶进了宝石一般，熠熠生辉。她盯着我看了一会儿，一言不发地将推车上的饭菜摆在桌子上。面对她惊人的美貌，我甚至无法开口说话。

饭菜看起来十分美味。海胆汤，再加上烤马鲛鱼（配酸奶油），芝麻拌白芦笋，生菜黄瓜沙拉，热乎乎的面包卷配黄油。每只盘子都冒着热气。还有倒在大玻璃杯里的葡萄汁。将这些东西摆好后，女孩打着手势向我招呼。（好啦，别哭啦。来吃晚饭吧。）

12

“你不会开口说话吗？”我问少女。

（嗯。我从小声带就被弄坏了。）

“声带被弄坏了？”

女孩没有回答这个问题，只是微微一笑。然而，那个美艳的微笑几乎令周围的空气骤然变得稀薄。

（你要理解他。）女孩说道。（羊男先生不是坏人。他是个心地善良的人，只是特别害怕老爷爷。）

“这我当然理解。”我说道，“只不过……”

女孩走到我身旁，把手放在我的手上。这是一双柔软的小手。我的心脏差点悄无声息地裂成两半。

（趁热赶紧吃饭。）她说道。（热饭热菜一定会带给你力量。）

然后她打开门，推着小推车走出房间，体态轻盈飘逸，宛如五月的柔风。

虽然饭菜很好吃，可我还是剩了一半未能下咽。因为我没有回家，只怕妈妈会担心得不行，又要急得疯疯癫癫了。这么一来，我的灰椋鸟就没有人喂，可能会饿死。

可是怎么才能从这里逃出去呢？脚上挂着沉重的铁球，房门又锁得牢牢的。就算能逃出门外，又该如何穿越那悠长得好似迷宫一般的走廊顺利回家？我长叹一口气，又哭了一会儿。然而我想，躺在床上独自哭泣也无济于事，

便不再哭了，将剩下的饭菜全吃了下去。

13

然后我在桌前坐下，读起书来。想抓住机会逃脱，首先得让对手放松警惕。我要装出老老实实、俯首听命的模样。话虽如此，要装成这样却并非难事，因为我生来就是俯首听命的性格。

我挑出了《奥斯曼土耳其帝国税吏日记》，拿在手上开始阅读。这本书是用古代土耳其语写的，晦涩艰深，但奇怪的是，我读起来竟然毫不费力、非常顺畅。非但如此，读过的每一页中的一字一句，全都记在了脑子里，就像脑浆突然变浓了一般。

我一边翻阅着书页，一边化身为土耳其税吏伊本·安木德·哈士尔，腰悬半月形弯刀，在伊斯坦布尔街头盘桓巡查，征收税金。街道上弥漫着水果、活鸡、烟草、咖啡的气味，仿佛淤滞的河流。贩卖椰枣和土耳其蜜橘的人们坐在路边，大声地吆喝叫卖。哈士尔性格温和，有三个妻子和六个孩子。他家里养着长尾鹦鹉，长尾鹦鹉非常可爱，绝不亚于灰椋鸟。

夜里九点过后，羊男端来了可可和饼干。

“哎呀哎呀，令人钦佩。已经开始学习了吗？”羊男说道，“不过，休息一会儿吧，喝点热可可。”

我停止阅读，喝了热可可，吃了饼干。

“喂，羊男先生，”我问道，“刚才那个漂亮女孩是谁呀？”

“你说什么漂亮女孩？”

“就是送晚饭来的女孩。”

“这可就奇怪了。”羊男思量着，“晚饭是我自己送过来的呀。那时候你正躺在床上，一边哭着，就那么睡着了。至于我，就像你眼前看到的这样，只是羊男而已，可不是什么漂亮女孩。”

莫非是我在做梦？

14

然而第二天傍晚，那位神秘的少女又一次出现在我的房间里。这次的晚餐是图卢兹香肠配土豆沙拉、填馅金线鱼、芽菜沙拉、大羊角面包，再加上蜂蜜红茶。看上去也十分美味。

（慢慢吃。都吃光啊，别剩下。）少女比画着手势对我说道。

“请问，你到底是谁？”我试探着问道。

（我就是我，仅此而已。）

“可是羊男先生说你不存在，而且——”

少女把一根手指轻轻贴在小巧的嘴唇上。我立刻沉默下来。

（羊男先生有羊男先生的世界，而我有我的世界，你有你的世界。是不是这样？）

“是的。”

（所以不能说我不存在于羊男先生的世界里，就等于我这个人不存在。）

“那就是说……”我说道，“这些多种多样的世界，在这里混作了一团。你的世界、我的世界、羊男先生的世界，既有交互重叠的地方，也有毫不相干的地方。是这个意思吗？”

少女轻轻地点了两次头。

我也并不是愚不可及，只是自从被大黑狗咬过之后，

脑子转起来有点不对劲。

我坐在桌前吃饭，少女便坐在床边，直直地注视着我，两只小手规规矩矩地搁在膝头。迎着清晨的阳光，她看上去就像一尊纤细的玻璃工艺品。

15

“我想让你见一见我妈妈，还有灰椋鸟。”我对少女说，“灰椋鸟又聪明又可爱。”

少女微微歪了歪脑袋。

“我妈妈是个好人，只不过有点太担心我了。这得怪我小时候被狗咬过。”

（什么样的狗？）

“是一只很大很大的黑狗，戴着一个镶了宝石的皮项圈，眼睛是绿色的，腿很粗壮，爪子上有六个指头呢。耳朵尖分成两瓣，鼻头就像被晒焦了一样，是褐色的。你被狗咬过吗？”

（没有。）少女说。（好啦，把狗忘掉，快吃饭吧。）

我默默地吃饭，还喝了热热的蜂蜜红茶，于是身子暖和起来。

“告诉你，我必须从这种地方逃出去。”我说道，“妈妈也肯定在担心我。我还得喂灰椋鸟。”

（你逃出去的时候，把我也一起带走，好吗？）

“那当然。”我说道，“不过，还不知道能不能逃走。我脚上还拴着铁球，这走廊又像迷宫一样。更重要的是，如果我不见了，羊男先生肯定会吃足苦头，因为把我放跑了。”

（羊男先生也跟我们一起逃跑好啦。我们三个人一起从这里逃出去。）

“羊男先生会跟我们一起逃跑吗？”

美丽的少女嫣然一笑，然后像昨晚一样，从开得细细的门缝里轻盈地消失了。

16

我正伏案读书，传来钥匙开门的声响，羊男端着盛甜甜圈和柠檬汁的托盘走进房间。

“我给你带来了上次约好的甜甜圈。刚刚出锅，酥酥

脆脆的可好吃了。”

“谢谢你，羊男先生。”

我合上书，立刻啃起甜甜圈来。外面脆生生的，里面却软得就像要融化了，味道真是好极了。

“有生以来，还是头一回吃到这么好吃的甜甜圈。”我说道。

“是我刚刚炸好的。”羊男说，“面粉也是自己和的。”

“羊男先生要是在哪儿开一家甜甜圈店的话，生意一定会非常兴旺。”

“嗯。这件事我也考虑过。要是能那样的话，该有多好。”

“你肯定行。”

“可是，谁都不喜欢我。模样长得奇怪，牙齿也没好好刷过。”

“我会帮你的。”我说道，“我帮你卖甜甜圈、招呼客人、算账、做宣传、洗盘子，这些事全都由我来做。羊男先生只要在后厨炸甜甜圈就行啦。我还会教你怎么刷牙。”

“要是能那样就好了。”羊男说。

17

羊男离去后，我又读起书来。读着《奥斯曼土耳其帝国税吏日记》，我又变成了税吏伊本·安木德·哈士尔。白天在伊斯坦布尔街头巡行收税，一到傍晚就回家给鹦鹉喂食。夜空里浮着剃刀般细细弯弯的白色月亮。远处传来不知何人吹奏的笛声。黑人家仆在屋子里焚香，手执小小的苍蝇拍般的东西，在我身边驱赶着蚊虫。

寝室里，三位妻子之中的美少女在等待我。就是此间为我送晚饭的那位少女。

（多好的月光。）她对我说。（明天是新月。）

得给鹦鹉喂食啦。我说。

（不是刚刚才喂过鹦鹉吗？）少女说。

“是的。刚刚才喂过。”身为伊本·安木德·哈士尔的我说道。

剃刀般的月亮，在少女滑溜溜的身子上投下咒语般奇异的光芒。

（多好的月光。）少女又重复了一遍。（新月可以改变我们的命运。）

“要是那样就好啦。”我说道。

18

新月之夜犹如盲眼的海豚，悄然靠近身边。

傍晚，老人前来查看情况。见我正伏案猛读，他眉开眼笑。见他高兴，我甚至也有点开心。无论如何，我总是喜欢看到别人开开心心的。

“很好很好。”老人说着，咯吱咯吱地挠着下巴，“进展比预想的要顺利嘛。你这孩子真不赖。”

“啊。谢谢。”我说道。我也喜欢听别人夸奖自己。

“早点把书看完了，就能早点从这里出去了。”老人对我说道，还竖起一根手指头，“听明白了吗？”

“嗯。”我说。

“你有什么不满之处吗？”

“嗯。”我说道，“我妈妈和灰椋鸟都还好吗？我很担心。”

“世间万事都安然运转。”老人的脸色阴沉下去，说道，“人人都为自己着想，各自为生。你妈妈是这样，灰椋鸟也是这样。全都一样。世间万事都安然运转。”

尽管不知道他在说些什么，我还是姑且应了一声："是的。"

19

老人离开后没多久，少女来到了房间里。她和平时一样，从开得小小的缝隙里钻进房间来。

"是新月之夜哦。"我说。

少女静静地在床边坐下。她看上去似乎很疲劳。脸色比平时更浅，浅得视线几乎可以穿透，隐约看到后面的墙壁。

（全怪新月不好。）她说。（新月从我们身边夺去了种种东西。）

"可我只是眼睛有点隐隐作痛而已。"

少女望着我的脸微微点头。（你不会有什么事的，所以不要紧，你一定能顺利逃离这里。）

"你呢？"

（不必为我担心。虽然看来不能跟你一起走，但要不了多久，我肯定会去找你的。）

“可是如果没有你，我连回去的路都找不到。”

少女什么也没说，只是走到我身旁，在我的脸颊上轻轻地吻了一下，然后又从门缝里一闪而逝。我坐在床边，呆呆地愣了许久。被少女吻过之后，我的大脑浑浑沌沌，几乎无法思考。同时，我的不安变成了不算特别不安的不安。所谓不算特别不安的不安，归根结底，就是没啥大不了的不安。

20

终于，羊男来了，手里端着一个盛满了甜甜圈的托盘。

“嘿，看你一脸恍惚的模样。哪儿不舒服吗？”

“没有呀。我只是在想问题。”我说。

“听说你今晚要从这里逃走？我可以跟你一起走吗？”

“当然可以了。可你是听谁说的？”

“有个小姑娘刚才在走廊上和我擦肩而过，是她告诉我的，还说我得跟你一起走。这附近居然还有那么漂亮的姑娘，我完全不知道。是你的朋友？”

“嗯。是啊。”我说。

“啊，要是我也有个那么出色的朋友就好了。”

“只要能逃出这里，肯定会找到很多出色的朋友。”

“要是能那样就好了。”羊男说道，“可如果没逃出去的话，我和你都会被整得死去活来。”

“整得死去活来，就是说会被扔进满是毛毛虫的大缸里去？”

“嗯，大概是吧。”羊男面色黯淡地说道。

一想到要跟一万条毛毛虫在大缸里共度三天，我不寒而栗。不过刚出锅的甜甜圈和少女的吻在脸颊上留下的温暖，又将那不安赶到了远方。我吃了三个甜甜圈，羊男竟吃了六个。

“饿着肚子，什么事也干不了。”羊男辩解般说道，然后用粗壮的手指抹去嘴边粘着的砂糖。

21

不知何处的挂钟敲响了九点。羊男站起身，啪嗒啪嗒地甩动羊皮衣的袖子，让它贴合身体。出发的时刻到了。他把拴在我脚上的铁球解开。

我们走出房间，走过昏暗的走廊。我把鞋子留在了房间里，赤着脚走路。如果知道我把那双皮鞋丢在了什么地方，妈妈也许会生气的。那是一双上好的皮鞋，还是生日那天妈妈给我买的礼物。不过，可不能在走廊里弄出很大的声响，把老人吵醒。

走到大铁门之前，我一直都在想那双皮鞋。羊男就走在我前面，手里端着蜡烛。羊男比我矮半头，于是我的鼻子前有两只耳朵摇摇晃晃，忽上忽下。

“喂，羊男先生。”我小声唤道。

“什么事？”羊男也小声回应。

“老爷爷耳朵灵不灵？”

“今晚是新月，老师这会儿在屋子里睡得正香呢。但别看他那模样，其实他敏感得很。所以鞋子的事儿还是忘掉为好。鞋子还可以换新的，脑浆和性命可是没法换的呀。”

“那倒是，羊男先生。”

“等老师醒了，跑过来拿着那根柳条鞭子，吧唧抽我一下，我就什么事也不能帮你做了。帮不了你啦。挨上一记那玩意儿，就身不由己了。”

“那是什么特别的柳枝吗？”

“哎呀，这个嘛……”羊男说着，略一沉吟，“大概就是很普通的柳枝吧。我也不太清楚。”

22

“可是被那玩意儿抽一下，羊男先生就会无计可施？”

“说得没错。嗯。所以说，还是把皮鞋的事儿忘掉为好。”

“嗯。我忘掉。”我说道。

我们一言不发地沿着长长的走廊走了一会儿。

“哎。”过了片刻，羊男对我说道。

“怎么了？”

“鞋子的事儿忘掉了吗？”

“是的，忘掉了。”

我答道。但他这么一问，我分明已经忘记了，却又想起了鞋子的事儿。

楼梯冷冰冰湿漉漉的，石头的棱角被磨圆了。不时踩到虫子般的东西。因为是赤着脚，所以在黑暗中踩到不明所以的虫子时，那心情可不太美妙。有时是软塌塌柔柔绵绵的感觉，有时则是硬邦邦疙疙瘩瘩的感觉。还是把鞋子穿出来比较好，我心想。

走上长长的阶梯，终于来到了铁门前。羊男从衣袋里掏出钥匙串。

“得静悄悄地开门。可别把老师吵醒了。”

“是啊。”我说。

羊男将钥匙插进锁孔，向左转动。咔嗒一声，传出很大的声响，锁打开了。然后，一阵吱吱呀呀的刺耳声音响彻四方，门扉开了。一点也不安静。

“我记得接下去有一条像迷宫一样的路……”

“嗯，是的。”羊男说，“记得好像是有一条迷宫一样的路。我也记不清了，不过总会有办法的。”

听到这话，我稍稍感到不安。迷宫最让人伤脑筋的在于不一直走到底，就不知道自己选择的道路是否正确，可等一直走到底才明白走错路时，已经太晚了。这才是迷宫的要害所在。

23

果然，羊男好几次走错了路，掉头往回走了几次。但似乎总算一点点接近了目的地。他时不时停下脚步，用手指摸摸墙壁，再仔细地舔舐那根指头；或是蹲下身去，将耳朵紧紧地贴在地上；或是咕咕哝哝地跟在天花板上结网的蜘蛛交谈。走到拐角处时，他就像旋风一般骨碌碌地打转。那是羊男回想正确路径的方法，跟普通人回想的方式大不一样。

在此期间，时间毫不留情地逝去。黎明将至，新月之夜的黑暗似乎一点点地变浅。我和羊男匆匆赶路。必须在天亮前想方设法抵达最后一扇门。不然，老人醒来之后，发觉我和羊男不见了，恐怕马上就会追过来。

“时间来得及吗？”我问道。

“嗯。已经不要紧了。到了这里，就万事大吉了。”

看来羊男确实想起了正确的路径。我和羊男从一个转角走到另一个转角，匆匆忙忙地穿越长廊。终于，我们抵达了最后那条笔直的走廊。

“瞧，我说了吧。我肯定能想起来。”羊男得意扬扬地说道，“接下来只要从那扇门出去就行了。这样我们就是自由之身了。”

门打开时，老人正等在那里。

24

那是我第一次和老人见面的房间。图书馆地下的一〇七室。老人坐在桌前，直直地盯着我。

老人身旁有一只大黑狗。一只戴着镶宝石项圈的绿眼狗。腿很粗，爪子上有六个指头。耳朵尖一分为二，鼻头仿佛晒焦了一般，是褐色的。就是很久以前曾经咬过我的那只狗。那狗将我血肉模糊的灰椋鸟牢牢衔在利齿间。

我不禁发出一声悲鸣。羊男撑住了我的身体。

“我老人家在这里等你们很久了。”老人说道，“你们来得太晚了，嗯？”

“老师，这里面有各种各样的缘由……”羊男说道。

“哼，烦死人啦！”老人大声骂道，从腰间拽出柳枝来，吧唧一下抽在桌子上。狗竖起耳朵，羊男陷入沉默。四周寂然无声。

“说说，”老人说，“你们俩打算怎么办？”

“新月之夜，您不是要酣睡一场吗？”我怯生生地问道。

“哼哼。”老人冷冷一笑，“好一个自作聪明的小子。

不知道是谁告诉你的，不过我老人家可没那么好糊弄。你们那点鬼心思，就像大白天的西瓜地一样，在我眼里一览无遗。”

眼前一片黑暗。就因为我行事太轻率鲁莽，连灰椋鸟也成了牺牲品。鞋子也丢掉了，还有妈妈，我只怕再也见不到她了。

“你小子，”老人用柳枝笔直地指着羊男，“我要用快刀把你剁成肉酱，拿去喂蜈蚣！”

羊男躲到我背后，浑身瑟瑟发抖。

25

“还有你，”老人指着我，“要送去喂狗！活着喂，叫狗一口一口地吃掉你。你会哀嚎着死去，但脑浆是要归我的。因为你没好好看书，脑浆恐怕还不够浓稠，那也没关系。我要吸个一干二净！”

老人龇牙咧嘴，笑出声来。狗的绿眼睛闪闪发亮，似乎兴奋起来。

然而就在此时，我发现灰椋鸟的躯体在狗的牙缝间逐渐膨胀开来。灰椋鸟很快变得有鸡那么大，就像一只千斤顶，将狗的嘴巴越撑越大。狗企图发出哀鸣，但此时已经无济于事了。狗嘴裂开，传来骨头迸裂的响声。老人慌了神，挥动柳枝鞭打灰椋鸟。但灰椋鸟仍然在膨胀，没过多久就变得像公牛一般大，将老人紧紧地顶在墙壁上。狭小的房间里，充满了灰椋鸟强劲的振翅声。

（快！趁现在快逃！）灰椋鸟说道。但那是少女的声音。

“你怎么办？”我问少女椋鸟。

（不必担心我。以后我肯定去找你的。走，快走！不然你就要永远消失了。）少女椋鸟说道。

我按照她说的，牵着羊男的手，奔出了房间，连头也没回。

清晨的图书馆里空无一人。我们横穿过大厅，从内侧打开阅览室的窗户，连滚带爬地冲到了外面。两人上气不接下气地一直疾奔到公园里，仰面朝天躺倒在草坪上，闭上双眼，大口喘气。我很久都没有睁开眼睛。

等我睁开眼时，身旁已经没有羊男的身影了。我站起身来，四处张望，大声呼唤羊男的名字。然而没有人回应。清晨的太阳将最初一缕阳光洒在树木的绿叶上。羊男一声不吭地消失了，就像朝露蒸发了一般。

26

回到家里，妈妈已经在餐桌上摆好热腾腾的早饭，正等着我。妈妈一句话也没问我。不管是放学后没有回家，还是一连三晚在别处度过，或是脚上没穿鞋子，妈妈都没有一句怨言。这对妈妈来说非常罕见。

灰椋鸟不见了，只剩下空空如也的鸟笼。但关于这件事，我没向妈妈打听一个字。因为我觉得这件事似乎不提为好。妈妈的侧脸与平时相比，阴影似乎更浓厚了一些。然而，那也许仅仅是我的感觉。

自那以来，我再也没去过市立图书馆。或许我应当见见图书馆的主管，向他们说明发生在我身上的事情，告诉他们图书馆里有一个类似地牢的房间。否则说不定有朝一日，又会有别的孩子遭遇像我一样的事情。然而只要在黄昏时分看一眼图书馆那座大楼，我就双腿发软。

时不时地，我会想起丢弃在图书馆地下室里的那双新皮鞋，想起羊男，想起那位不能开口说话的美丽少女。究竟有多少事情真实地发生过？老实说，我并不清楚，只知道我的皮鞋和灰椋鸟确实消失不见了。

上周二，妈妈去世了。妈妈由于原因不明的疾病，在那天早晨，像悄然消逝一般无声无息地去世了。举行了一场不起眼的葬礼，从此我真的变成孤儿了。既没有妈妈，也没有灰椋鸟，还没有羊男，更没有少女。此刻，我在凌晨两点的黑暗中，独自想着那家图书馆地下室的事。当我孤独一人的时候，周围的黑暗便更加深重，恰如新月之夜一般。

图书在版编目（CIP）数据

图书馆奇谈／〔日〕村上春树著；〔德〕曼施克绘；施小炜译．— 北京：北京十月文艺出版社，2015.11

ISBN 978-7-5302-1523-4

Ⅰ．①图… Ⅱ．①村…②曼…③施… Ⅲ．①长篇小说－日本－现代 Ⅳ．①I313.45

中国版本图书馆 CIP 数据核字（2015）第 233065 号

图书馆奇谈

TUSHUGUAN QITAN

〔日〕村上春树 著

〔德〕卡特·曼施克 绘

施小炜 译

出　　版　北京出版集团公司

　　　　　北京十月文艺出版社

地　　址　北京北三环中路 6 号

邮　　编　100120

网　　址　www.bph.com.cn

发　　行　新经典发行有限公司

　　　　　电话（010)68423599

经　　销　新华书店

印　　刷　北京盛通印刷股份有限公司

版　　次　2015 年 11 月第 1 版

　　　　　2018 年 11 月第 5 次印刷

开　　本　787 毫米 ×1092 毫米　1/32

印　　张　2

字　　数　36 千字

书　　号　ISBN 978-7-5302-1523-4

定　　价　29.50 元

质量监督电话 010-58572393

著作权合同登记号　图字：01－2015－6061

FUSHIGI NA TOSHOKAN
by Haruki Murakami

First published in Japan in 2005 by Kodansha Ltd., Tokyo.

Chinese (in simplified character only) translation rights arranged with
Haruki Murakami, Japan
through THE SAKAI AGENCY and BARDON-CHINESE MEDIA AGENCY.

German edition with illustrations by Kat Menschik published in 2013
by DuMont Buchverlag, Cologne, Germany.

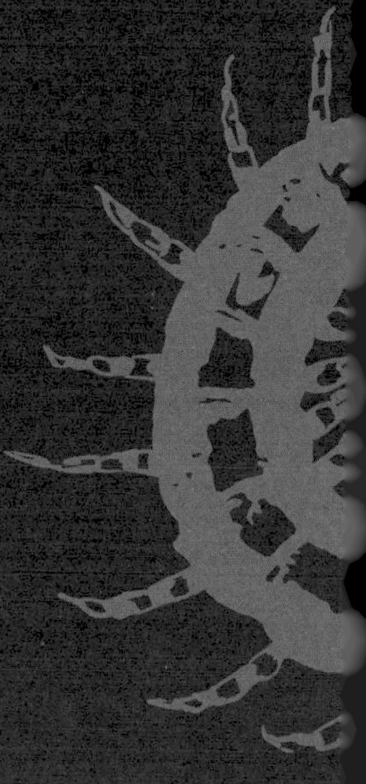